Traduit de l'anglais par Valérie Mouriaux

Maquette : Chita Lévy

1er plat de couverture illustré par François Place

ISBN : 978-2-07-059519-8
Titre original : *Storm*
Édition originale publiée par Heinemann Young Books, Londres, 1985
© Éditions Gallimard Jeunesse, 2002, pour la traduction
N° d'édition : 169986
Loi n° 49-956 du 16 juillet 1949 sur les publications destinées à la jeunesse
Premier dépôt légal : mars 2002
Dépôt légal : mai 2009
Imprimé en Italie par Zanardi Group

Kevin Crossley-Holland

Le cavalier Tempête

illustré par Alan Marks

GALLIMARD JEUNESSE

Pour Kate

CHAPITRE 1

– *J'habite une maison citrouille Rapetipeton, le soleil est rond* – Clac !

Annie flânait le long du marais, sans se dépêcher ce matin-là, puisque c'était le premier jour des vacances de Noël. Elle s'amusait à claquer des doigts au rythme de la chanson.

– *Tape des genoux* – Clac ! *Tape des mains* – Clac ! *Claque des doigts* – Clac ! clac ! clac !

CHAPITRE 1

Annie avait l'habitude d'être seule. Elle avait l'habitude de parler et de chanter pour elle seule, de jouer à la marelle, au solitaire, ou encore de faire des réussites. En fait, elle n'avait pas vraiment le choix : sa sœur Willa était grande, et puis elle était mariée à Rod ; en plus elle

attendait un bébé, et elle vivait à cent kilomètres de là.

Les parents d'Annie, monsieur et madame Carter, n'étaient plus tout jeunes ni en très bonne santé. Chaque jour, sa mère se plaignait d'être aussi rouillée qu'une vieille porte grinçante.

Chapitre 1

CHAPITRE 1

« Oh ! ces marais ! se lamentait-elle. L'humidité me ronge les os ! »

Quant à son père, depuis son attaque au cœur, il ne se déplaçait plus sans ses béquilles. Il était extrêmement gentil et, au fil des années, sa peau avait pâli, jusqu'à devenir presque laiteuse.

Leur petite maison se trouvait à l'écart, au bord d'un immense marais, à trois kilomètres du village de Waterslain. Ah ! Ce marais ! Vide, aurait-on dit, silencieux… Mais Annie, elle, connaissait ses secrets. Elle savait où trouver les

CHAPITRE 1

nids parmi les iris et les joncs, elle savait dépister les galeries de castors et les bassins d'eau noire grouillant de crevettes grises. Elle reconnaissait les cris des oiseaux de mer, le bruit de succion de la boue s'asséchant, le bruissement du vent dans la mer couleur lavande.

Chaque jour du trimestre, Annie empruntait le sentier qui longeait le marais. Elle retirait ses chaussures et ses chaussettes, et traversait en pataugeant le gué du ruisseau Rush. L'été, ce petit cours d'eau gargouillait gaiement, mais l'hiver, il grommelait, grondait, grossissait parfois jusqu'à faire dix mètres de large. Ces matins-là, Annie se hâtait sur le chemin cahoteux. Elle rejoignait vite le carrefour où le bus scolaire la prenait à neuf heures moins vingt avant de se rendre à Waterslain.

Chapitre 1

Annie n'aimait pas les dures journées d'hiver, lorsque la nuit tombait et qu'elle était encore sur le chemin du retour. Le marais n'avait plus l'air d'un endroit sympathique.

Le vent gémissait, les oiseaux de mer poussaient des cris perçants. Et puis, au crépuscule, les maregous et les maretons, sans oublier les autres étranges créatures du marais, montraient leur horrible figure. Une fois, Annie avait senti approcher dans son dos Shuck, le célèbre chien-monstre, et elle avait juste eu le temps de refermer la porte de la maison derrière elle.

Mais la pire de toutes ces créatures était le fantôme qui hantait le gué. La mère d'Annie disait qu'il ne voulait de mal à personne, qu'il aimait simplement faire des farces et effrayer les gens. Un jour où madame Carter avait lâché son

CHAPITRE 1

panier à provisions dans l'eau, elle avait accusé le fantôme de lui avoir donné une tape dans le dos. Le fermier, monsieur Elkins, avait raconté à Annie qu'il entendait parfois des hurlements et des hennissements en provenance du gué mais,

■ CHAPITRE 1 ■ ■ ■

pourtant, il n'avait jamais vu ni homme ni cheval.

Alors, en hiver, lorsqu'elle rentrait de l'école, Annie dévalait toujours le sentier en courant pour traverser le gué avant qu'il ne fasse noir.

CHAPITRE 2

– J'aime les grenouilles et la pluie qui mouille – Clac ! – et l'omelette aux hannetons – Clac !

– *A- Annie ! A-Annie !*

Annie se retourna et aperçut sa mère, sur le seuil de leur maison, qui lui faisait de grands signes.

– Qu'est-ce qu'il y a ? cria la fillette.

Mais le vent attrapa ses mots et les emporta dans la mauvaise direction.

■ CHAPITRE 2 ■ ■ ■

« Et pourquoi, se demanda Annie, pourquoi donc est-ce que je devrais rentrer alors que je viens juste de sortir ? »

– À table ! dit madame Carter en entendant Annie ouvrir la porte.

Au même instant, elle sentit un souffle d'air froid s'enrouler autour de ses chevilles.

– Ta sœur a téléphoné. Elle arrive demain.

– Willa ! s'exclama Annie.

– Tu sais que le bébé est attendu pour Noël ?

– Bien sûr que je le sais, répliqua Annie.

– Willa m'a dit que Rod ne pourra pas être là avant le début de l'année prochaine.

– Ah bon ? s'étonna Annie.

– Juste quand elle a besoin de lui… reprit sa mère. Tu te rends compte ? Il est à des milliers de kilomètres, sur l'océan Indien !

– Je n'aimerais pas épouser un marin ! déclara Annie.

– Elle arrive donc demain, répéta sa mère.

Elle ajouta en souriant :

– Elle a envie d'avoir un peu de compagnie !

– Et le bébé ? interrogea la petite fille.

– Willa accouchera au dispensaire. Le docteur Grant a tout arrangé.

– Elle y restera combien de temps ?

– Deux jours ou une semaine. C'est ainsi.

– Seulement deux, j'espère. Après, le bébé dormira dans ma chambre.

– Il dormira surtout avec Willa ! répondit sa mère. Oh ! ces marais ! L'humidité me ronge les os !

CHAPITRE 3

Le lendemain, Annie et sa mère traversèrent le gué à la rencontre de Willa. Elles l'attendirent au carrefour où le bus de l'après-midi la déposa.

– Quel voyage ! s'exclama Willa.

– Tu as bien eu deux changements ? demanda sa mère.

– Non, trois ! s'écria Willa. Ici, c'est le bout du monde !

Annie ne dit rien. Jamais elle n'avait

songé que leur petite maison et l'immense marais pouvaient être le bout du monde. Pour elle, ils se trouvaient précisément au centre du monde, là où il était important d'être.

– Le-bout-du-monde ! répéta Willa. Bonjour, Annie !

En embrassant sa grande sœur, Annie se sentit tout intimidée. Willa ressentit peut-être la même chose. Il leur fallait toujours quelques minutes pour qu'elles s'habituent de nouveau l'une à l'autre, et se parlent sans gêne.

Mais une fois qu'elles se mirent à parler, il n'y eut plus moyen de les arrêter. Elles discutèrent pendant le petit déjeuner, le déjeuner et le dîner, et aussi entre les repas.

Elles parlaient encore en se promenant le long du marais et en arrivant aux

Chapitre 3

chenaux qui débouchaient sur la mer fracassante.

Willa raconta à Annie ce qu'on ressentait quand on attendait un bébé, et Annie

raconta à Willa comment ça se passait à l'école de Waterslain – cette même école où Willa allait quand elle était petite. Willa décrivit la vie en ville, et Annie cita les noms des plantes et des oiseaux.

– Je n'ai jamais réussi à les apprendre ! s'exclama Willa. Moi qui ai toujours rêvé de les connaître…

Quand elles arrivèrent devant le gué, Annie interrogea sa grande sœur au sujet du fantôme.

– Il vit là, dit Willa. Tu connais son histoire ?

– Quelle histoire ? demanda Annie.

– Quand il était vivant – je veux dire, quand il avait un corps –, il possédait la ferme de monsieur Elkins. Ça s'est passé à l'époque où il y avait des bandits de grand chemin. Un jour, deux brigands lui ont tendu une embuscade, ici même.

Chapitre 3

Annie sentit un long frisson la parcourir, remontant du bas de son dos jusqu'aux épaules. Elle ne put s'empêcher de trembler.

– Juste à l'endroit où nous sommes… répéta Willa.

– Et que s'est-il passé ? demanda Annie.

– Il a tenu bon. Il n'a pas voulu leur donner son argent, tant il était courageux !

CHAPITRE 3

Alors les brigands l'ont tué, lui et son cheval.

– Son cheval ! s'écria Annie. Mais c'est horrible !

Elle songea à ses promenades solitaires, le soir, en rentrant de l'école, et aux sombres trajets de janvier qui l'attendaient…

– Et, bien sûr, ils ont réussi à lui prendre son argent, poursuivit Willa. Enfin, c'est ce qu'on raconte…

– Et le fantôme ? demanda Annie.

– Il se promène, par-ci, par-là, il erre, et il fait payer les passants…

Pendant quelques instants, les deux sœurs restèrent silencieuses, les yeux fixés sur l'eau miroitante.

CHAPITRE 4

La troisième nuit après l'arrivée de Willa, une formidable tempête éclata. Annie, bien au chaud dans son lit, écoutait la course effrénée du vent au-dehors. Il fouettait les murs de la maison, il se cognait, il sifflait entre ses lèvres salées et grinçait de ses dents effilées.

À moitié endormie, Annie imagina qu'elle se trouvait non pas dans son lit mais dans un bateau, bercée au beau

■■■ CHAPITRE 4 ■

milieu de la mer, loin de tout danger. Les nappes de pluie qui fouettaient la petite fenêtre de sa chambre se transformaient en vaguelettes qui giclaient à l'avant du bateau et ruisselaient sur ses flancs…

CHAPITRE 4

Ce fut cette nuit-là que le bébé de Willa décida de venir au monde. Juste avant minuit, il commença à se soulever dans le ventre de sa mère, comme une bouée ballottée par la houle.

Tout le monde se leva. Willa, Annie, leur mère, et même leur père. Toutes les lampes furent de nouveau allumées, et bientôt la bouilloire se mit à chanter. La mère d'Annie était radieuse.

■■■ CHAPITRE 4 ■

– D'abord, une tasse de thé, dit-elle.
– Tu avais dit à Noël ! protesta Annie.
– On ne peut jamais savoir, dit sa mère. De toute façon, en avance ou en retard, tempête ou pas tempête, il arrive ! Et on ne va certainement pas l'arrêter maintenant !

CHAPITRE 4

– Tu pourrais l'appeler Tempête, dit tout à coup monsieur Carter.

– Ce n'est pas un nom ! protesta Annie.

– Tempête ? reprit Willa.

– Tempête, répéta la mère d'Annie. Dans notre région, c'est un vieux prénom.

– Est-ce que je téléphone au dispensaire maintenant ? interrogea Willa. Je sais que j'ai encore du temps, mais…

– J'appellerai pendant que tu prépareras tes affaires, dit madame Carter.

– Alors, demande-leur de venir me chercher dans une demi-heure, dit Willa.

Elle prit sa tasse de thé et remonta se préparer.

La mère d'Annie s'empara du combiné ; elle eut d'abord l'air perplexe, puis elle sembla soudain catastrophée.

– Que se passe-t-il ? s'inquiéta le père d'Annie.

CHAPITRE 4

— Viens et écoute ça, dit-elle.

Monsieur Carter traversa lentement la pièce et approcha le combiné noir près de son oreille. Puis il tapa sur le téléphone avec la paume de sa main et tendit de nouveau l'oreille… mais aucun son ne lui parvint.

— La ligne est coupée ! s'écria-t-il.

— Ooh… qu'allons nous faire ? s'alarma la mère d'Annie.

Au-dehors, la tempête se déchaînait, de plus en plus violente. Le vent hurlait. Soudain ils entendirent un grincement au-dessus de leur tête et quelques secondes après, le bruit sec d'une chute, cette fois derrière la fenêtre.

— Sapristi ! s'exclama monsieur Carter. Une tuile est tombée !

— Oh, Bill, qu'allons nous faire ? répéta la mère d'Annie. Il faut absolument prévenir le docteur Grant ! Mais toi, tu

CHAPITRE 4

ne peux pas marcher, et moi, je dois rester ici, au cas où…

– Eh bien moi, j'y vais ! déclara Annie.

– Non, il n'en est pas question, répondit sa mère.

– Mais je suis la seule personne qui peut le prévenir ! répondit Annie.

En prononçant ces mots, la petite fille eut la curieuse impression que ce n'était pas elle, mais quelqu'un d'autre, qui parlait à sa place.

■ ■ ■ CHAPITRE 4 ■

Madame Carter fronça les sourcils et secoua la tête.

– On n'y arrivera pas sans le docteur, insista Annie. Willa n'y arrivera pas !

La mère d'Annie avait l'air très contrariée :

– C'est vrai que tu es notre seule chance, Annie, dit-elle enfin… On va te couvrir comme il faut et tout ira bien. Va directement chez le docteur Grant. Demande-lui d'appeler le dispensaire et d'envoyer une ambulance, puis rentre à la maison.

Pour une fois, Annie fit attention de bien se couvrir avant de sortir. Tandis que sa mère s'affairait autour d'elle et que Willa s'asseyait sur son lit, très calme et bien droite, elle enfila ses sous-vêtements, un survêtement et, par-dessus, un vieil imperméable.

Sa mère fourra un mouchoir dans une

Chapitre 4

poche et glissa une barre de chocolat dans l'autre.

– Je ne dois pas oublier mon chapeau cloche ! s'exclama Annie.

Elle attrapa le chapeau par terre, l'enfonça sur sa tête et noua les cordons sous son menton.

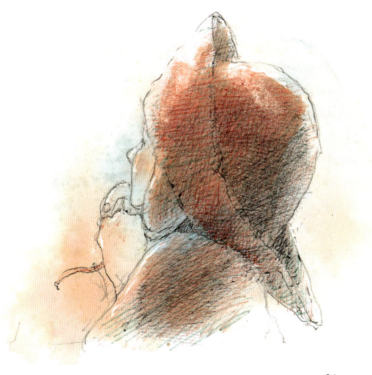

CHAPITRE 4

– Ni tes bottes en caoutchouc, ajouta sa mère.

– Oui, et quoi d'autre ? interrogea la petite fille. Ah oui, mon cache-nez !

– Et une lampe de poche… dit sa mère. Quoique… tu connais si bien le chemin maintenant que tu pourrais aller à Waterslain les yeux fermés !

– Tu es drôlement chouette, Annie, tu sais ! dit Willa.

– Il y a quand même ce gué que je n'aime pas… dit Annie. Pour le reste, ça ira…

– Ne t'inquiète pas, répondit sa mère. Et surtout, sèche-toi bien en arrivant.

– Tu l'auras vite traversé, tu verras, la rassura Willa.

Au même instant, un hoquet la secoua. Elle pressa la paume de ses mains sur son ventre et respira profondément.

– Ce bébé ! dit-elle. J'ai l'impression qu'il est drôlement pressé d'arriver !

■■■ Chapitre 5 ■

Madame Carter ouvrit la porte et aussitôt le vent la lui arracha des mains et la claqua contre le mur.

– Sapristi ! s'exclama monsieur Carter. Quelle drôle de mauvaise nuit !

Tous les quatre étaient debout sur le seuil de la maison, serrés les uns contre les autres. Ils fixaient la nuit et s'habituaient peu à peu à la tempête et à l'obscurité. Très haut dans le ciel, un croissant de lune brillait ; on aurait dit qu'il fuyait, pressé par les lourds nuages gris,

comme si quelque chose le poursuivait. Le petit jardin des Carter semblait couvert de cendres, tout comme le marais ou le champ de monsieur Elkins.

C'est alors qu'ils l'entendirent : le bruit des sabots qui s'approchait, au grand galop.

— Sapristi ! s'exclama monsieur Carter. Qui cela peut-il bien être ?

— Au beau milieu de cette tempête ! s'étonna la mère d'Annie.

— Et à minuit… renchérit son mari.

■ CHAPITRE 5 ■ ■

Annie glissa sa main dans celle de sa mère. Le martèlement s'amplifiait, les sabots tambourinaient de plus en plus fort. Et soudain un cavalier chevauchant une jument alezane surgit au coin de la maison.

CHAPITRE 5

En voyant Annie et sa famille, le cavalier stoppa sa jument.

– Hoo-ho ! gronda-t-il.

Monsieur Carter s'avança avec peine devant ses filles et sa femme.

– Mais ce n'est pas Elkins… dit-il. Ce n'est pas son cheval…

Le cavalier s'arrêta à la lisière du halo lumineux qui s'échappait de la porte ouverte ; personne ne put le reconnaître. Il était grand et il avait un visage austère.

■ CHAPITRE 5 ■ ■ ■

– Une bien mauvaise nuit, hein ? l'interpella monsieur Carter.

Le cavalier acquiesça mais ne dit mot.

– Allez-vous à Waterslain ?

– Waterslain ? répéta le cavalier. Pas précisément, non…

– Ah, c'est bien dommage… rumina monsieur Carter, méditatif.

– Mais je pourrais y aller… reprit l'homme d'une voix sombre, si jamais il y a une urgence…

La mère d'Annie lâcha la main de sa petite fille, descendit le perron et entreprit de lui expliquer « l'urgence » au beau milieu de la tempête. Monsieur Carter sortit à son tour et demanda son nom au cavalier. Mais le vent gémit si fort qu'Annie ne put entendre sa réponse.

– Vous comprenez, dit madame Carter, il n'y a pas une minute à perdre.

CHAPITRE 5

– Monte, Annie, dit le cavalier.

– Non, non, ça ira, répondit Annie en secouant la tête.

– Je t'emmène, répéta le cavalier.

– Va, tout se passera bien, dit madame Carter.

– Mais je peux marcher ! insista Annie.

Le cavalier se pencha alors en avant et attrapa la petite fille sous le bras ; puis, d'un seul élan, il la glissa sur la selle devant lui, comme si elle avait été aussi légère qu'un fétu de paille.

Annie était terrorisée. Elle sentait son cœur battre à tout rompre et elle se mordit les lèvres. L'homme leva une main et éperonna son cheval. Monsieur et madame Carter, debout sur le seuil de la maison, les regardèrent s'éloigner ; Annie tourna vers eux un visage rond et pâle comme la lune.

Puis la petite fille et le cavalier furent engloutis par l'obscurité de la tempête.

■■■ CHAPITRE 6 ■

Annie ne disait rien, et le cavalier ne parlait pas non plus.

Le cheval avait ralenti son allure, et il passa au trot pour traverser le gué plein de vase. Le cavalier demanda doucement :

– Tu as peur, Annie ?

– Oui, j'ai peur… répondit Annie, j'ai peur pour ma sœur et son bébé. J'ai peur aussi de rencontrer le fantôme.

■ CHAPITRE 6 ■ ■ ■

Elle se tut, puis elle ajouta dans un sanglot :

– Je crois que si je le rencontrais cette nuit, j'en mourrais…

Le cavalier ne répondit pas, et Annie pensa qu'il valait mieux ne pas lui dire qu'elle avait également peur de lui. Après tout, elle ne savait pas qui il était… Le cavalier ramena son cheval au pas.

CHAPITRE 6

– Annie, dit-il, tout se passera bien pour ta sœur et son bébé.
– Comment le savez-vous ? demanda Annie.

■■■ Chapitre 6 ■

– Et tout se passera bien pour toi aussi, dit encore le cavalier.
Il y a fantôme et fantôme, Annie.

CHAPITRE 6

Des fantômes gentils et des fantômes méchants. Et d'ici à Waterslain, tu ne rencontreras pas le fantôme dont tu as peur.

Chapitre 6

Pas à pas, tranquillement, ils franchirent le gué. La jument reprit peu à peu son allure normale. La chaleur qui émanait de son garrot et de ses flancs rassurait Annie.

Au bout d'un moment, la petite fille se laissa aller contre l'encolure de l'animal et enfouit son visage dans sa crinière.

CHAPITRE 6

Elle ferma les yeux, et il lui sembla qu'elle volait plutôt qu'elle ne galopait. Elle volait à travers la tempête, dans un voyage qui pouvait durer éternellement.

« Ce cavalier est un fantôme ! songea-t-elle. Il nous a tous ensorcelés et il est en train de m'enlever. Il m'emporte dans les ténèbres éternelles. Mais non ! Non ! C'est faux ! Il est mon sauveur et nous allons au secours d'une princesse en détresse ! »

Quand elle se redressa sur la selle, Annie se sentit prise de vertige. Elle secoua la tête et fronça les sourcils. « C'est stupide ! se dit-elle. Tu lis trop d'histoires ! »

« Mais tout de même, se demanda-t-elle, qui est ce cavalier ? D'où vient-il ? Et comment se fait-il qu'il se soit arrêté devant notre maison juste au moment où on avait besoin de lui ? »

Chapitre 6

– C'est quoi, votre nom ? cria Annie par-dessus son épaule.

– Quoi ? demanda le cavalier. Mon nom ? Tempête !

– Tempête ! s'exclama Annie. C'est un drôle de nom !

CHAPITRE 7

Quelle nuit ! Le vent salé, en tournoyant sur lui-même, les fouettait et les empêchait d'avancer. Il les plaquait contre la haie d'un côté du chemin, puis les repoussait au bord du large fossé, de l'autre côté.

Le cavalier gardait un bras enroulé autour d'Annie, et la petite fille s'agrippait au cheval. La pluie s'abattait sur eux, des gouttes acérées et cinglantes qui les picotaient comme des milliers de fourmis…

Annie sentit alors qu'elle oscillait sur la selle. Elle se dit qu'elle ne le supporterait pas plus longtemps – le galop

CHAPITRE 7

furieux, le galop dans la tempête, la tempête de ses propres peurs. Que puis-je faire, que se passera-t-il si je n'arrive jamais chez le docteur Grant ?

Mais le cavalier se contenta de crier et d'éperonner son cheval pour qu'il galope encore plus vite. Il semblait décidé à se rendre là où il devait aller le plus rapidement possible. De plus en plus vite ! Quand Annie ouvrit les yeux et regarda autour d'elle, elle vit qu'elle y était. Elle était dans Waterslain endormi. La jument alezane était en nage et soufflait de grosses bouffées d'air condensé.

– En bas de la rue Staithe, cria Annie. Chez le docteur Grant !

Le cavalier se dirigea au galop vers le centre du village. Les sabots du cheval résonnaient sur le macadam, et Annie vit à plusieurs reprises des étincelles jaillir en dessous des fers. Quand ils tournèrent

CHAPITRE 7

à l'angle de la rue Staithe, le cavalier, de sa voix sombre, gronda : « Hoo-ho ! »

– Hoo-ho !

Et sa jument ralentit pour prendre le trot.

– C'est là ! s'exclama Annie.

Elle montra du doigt le portillon avec les deux buissons de laurier.

– Nous sommes arrivés !

■■■ Chapitre 8 ■

Les lampes, chez le docteur Grant, étaient encore allumées. On le devinait aux rideaux qui avaient la couleur de pêches bien mûres. Une lanterne, en se balançant sous le porche, projetait un halo mouvant de lumière douce sur les dalles et les gravillons, à l'entrée de la maison. Annie ne pouvait pas détacher son regard de la lanterne, comme si jamais auparavant elle n'avait vu de lumière.

Dans l'obscurité de cette formidable tempête, tout devenait effrayant : les immenses bras des arbres, la silhouette distendue du bidon de lait, les reflets et les éclats de l'eau… sans oublier ces horribles créatures, si menaçantes, qui n'apparaissaient que la nuit : les maregous, les maretons, le chien noir, Shuck… et surtout, le pire d'entre eux, le fantôme. Mais maintenant, dans la clarté lumineuse, il n'y avait plus de place pour les créatures étranges et les fantômes.

Annie relâcha son étreinte et prit une profonde inspiration. Lorsque, lentement, elle laissa échapper son souffle, elle eut la sensation qu'elle respirait

CHAPITRE 8

enfin pour la première fois depuis son départ de la maison.

– Voilà, Annie, dit le cavalier, c'est ici que je te laisse.

Chapitre 8

– Mais venez ! s'exclama Annie. Vous pouvez entrer…

CHAPITRE 8

■ Chapitre 8 ■ ■ ■

– Tu dois suivre ton chemin et moi le mien, répondit le cavalier.

Et il secoua la tête, tout en prenant grand soin que son cheval ne glisse pas un sabot dans le cercle de lumière.

– Tout se passera bien pour ta sœur et son bébé, dit-il encore.

Annie se laissa glisser à terre. Quand elle posa les pieds sur les gravillons, elle chancela légèrement. Elle leva les yeux vers l'homme, toujours aussi austère et immobile sur sa selle.

Chapitre 8

– Merci ! dit-elle. Merci beaucoup ! J'avais si peur !

Elle baissa la tête, puis releva les yeux.

– J'avais si peur de rencontrer le fantôme !

– Il n'y a pas de quoi avoir peur, dit le

cavalier. Annie, ajouta-t-il, je suis le fantôme.

Annie étouffa un cri. Elle mit la main devant sa bouche et pendant une seconde ferma obstinément les yeux, serrant très fort les paupières.

Lorsqu'elle les rouvrit, elle ne vit plus personne : ni cavalier ni cheval.

La lanterne du docteur Grant continuait de grincer, oscillante, sous le porche : à sa lumière, Annie vit les dalles et le gravier. Mais de Tempête et de sa jument alezane, il n'y avait plus trace.

■ TABLE DES MATIÈRES ■ ■ ■

 1. Chapitre un, *5*

 2. Chapitre deux, *14*

 3. Chapitre trois, *17*

 4. Chapitre quatre, *23*

 5. Chapitre cinq, *34*

 6. Chapitre six, *42*

 7. Chapitre sept, *52*

 8. Chapitre huit, *56*

■■■ L'AUTEUR ET L'ILLUSTRATEUR ■

Poète et chansonnier, **Kevin Crossley-Holland** est né le 7 février 1941 en Angleterre. Après des études à Oxford, sa vocation d'écrivain s'affirme tandis qu'il travaille dans une maison d'édition. Membre de la Société royale de littérature il est aujourd'hui un auteur reconnu : ses livres ont reçu de nombreux prix dont la prestigieuse Carnegie Medal en 1985 pour *Le cavalier Tempête* et le prix Guardian de la fiction pour son adaptation du *Roi Arthur* en 2001. Père de quatre enfants, Kevin Crossley-Holland habite actuellement dans le comté de Norfolk en Angleterre.

Alan Marks est né en 1957 à Londres. Après des études d'arts graphiques à l'université puis à l'académie des beaux-arts de Bath, il a commencé à travailler pour des magazines avant d'illustrer son premier ouvrage pour enfants : *Le cavalier Tempête*. Alan Marks vit aujourd'hui dans le Kent avec sa femme et ses deux filles.

■ DANS LA COLLECTION FOLIO CADET ■ ■ ■

CONTES CLASSIQUES
ET MODERNES

Leïla, 477
de Sue Alexander
illustré par Georges Lemoine

**La petite fille
aux allumettes,** 183

La petite sirène, 464

**Le rossignol
de l'empereur de Chine,** 179

de Hans Christian Andersen
illustrés par Georges Lemoine

Le cavalier Tempête, 420
de Kevin Crossley-Holland
illustré par Alan Marks

La chèvre de M. Seguin, 455
d'Alphonse Daudet
illustré par François Place

Nou l'impatient, 461
d'Eglal Errera
illustré par Aurélia Fronty

**Le lac des cygnes et autres
belles histoires,** 473
d'Adèle Geras
illustré par Emma Chichester Clark

Prune et Fleur de Houx, 220
de Rumer Godden
illustré par Barbara Cooney

Les 9 vies d'Aristote, 444
de Dick King-Smith
illustré par Bob Graham

Histoires comme ça, 316
de Rudyard Kipling
illustré par Etienne Delessert

La Belle et la Bête, 188
de Mme Leprince de Beaumont
illustré par Willi Glasauer

**Contes d'un royaume
perdu,** 462
d'Erik L'Homme
illustré par François Place

Mystère, 217
de Marie-Aude Murail
illustré par Serge Bloch

**Contes pour enfants
pas sages,** 181
de Jacques Prévert
illustré par Elsa Henriquez

La magie de Lila, 385
de Philip Pullman
illustré par S. Saelig Gallagher

Une musique magique, 446
de Lara Rios
illustré par Vicky Ramos

**Du commerce
de la souris,** 195
d'Alain Serres
illustré par Claude Lapointe

Les contes du Chat perché

L'âne et le cheval, 300

Les boîtes de peinture, 199

Le canard et la panthère, 128

Le cerf et le chien, 308

Le chien, 201

L'éléphant, 307

Le loup, 283

Le mauvais jars, 236

Le paon, 263

■ ■ ■ DANS LA COLLECTION FOLIO CADET ■

La patte du chat, 200

Le problème, 198

Les vaches, 215
de Marcel Aymé
illustrés par Roland
et Claudine Sabatier

AVENTURE

Le meilleur des livres, 421
d'Andrew Clements
illustré par Brian Selznick

**Trois enfants
chez les géants,** 482
de Julia Donaldson
illustré par Axel Scheffler

**Le poisson
de la chambre 11,** 452

Un ange tombé du ciel, 481
de Heather Dyer
illustrés par Peter Bailey

Le poney dans la neige, 175
de Jane Gardam
illustré par William Geldart

Longue vie aux dodos, 230
de Dick King-Smith
illustré par David Parkins

Une marmite pleine d'or, 279
de Dick King-Smith
illustré par William Geldart

**Amaury, chevalier malgré
lui,** 488
d'Angela McAllister
illustré par Ian Beck

**L'enlèvement de
la bibliothécaire,** 189
de Margaret Mahy
illustré par Quentin Blake

L'histoire de la licorne, 479
de Michael Morpurgo
illustré par Gary Blythe

Le lion blanc, 356
de Michael Morpurgo
illustré par Jean-Michel Payet

Le secret de grand-père, 414

Toro ! Toro ! 422
de Michael Morpurgo
illustrés par Michael Foreman

Jour de Chance, 457
de Gillian Rubinstein
illustré par Rozier-Gaudriault

Sadi et le général, 466
de Katia Sabet
illustré par Clément Devaux

Les poules, 294
de John Yeoman
illustré par Quentin Blake

FAMILLE,
VIE QUOTIDIENNE

L'invité des CE2, 429
de Jean-Philippe Arrou-Vignod
illustré par Estelle Meyrand

Clément aplati, 196
de Jeff Brown
illustré par Tony Ross

Je t'écris, j'écris, 315
de Geva Caban
illustré par Zina Modiano

Little Lou, 309
de Jean Claverie

J'aime pas la poésie ! 438
de Sharon Creech
illustré par Marie Flusin

■ DANS LA COLLECTION FOLIO CADET ■ ■ ■

Mon petit frère est un génie, 472
de Dick King-Smith
illustré par Judy Brown

Sorcières en colère, 475
de Fanny Joly
illustré par Anne Simon

Danger gros mots, 319
de Claude Gutman
illustré par Pef

Victoire est amoureuse, 449
de Catherine Missonnier
illustré par A.-I. Le Touzé

Histoires de fées, 476
de Moka
illustré par Alice Charbin

Oukélé la télé ? 190
de Susie Morgenstern
illustré par Pef

Nous deux, rue Bleue, 427
de Gérard Pussey
illustré par Philippe Dumas

Le petit humain, 193
d'Alain Serres
illustré par Anne Tonnac

Petit Bloï, 432
de Vincent de Swarte
illustré par Christine Davenier

La chouette qui avait peur du noir, 288
de Jill Tomlinson
illustré par Susan Hellard

Lulu Bouche-Cousue, 425

Ma chère momie, 419

Soirée pyjama, 465

Le site des soucis, 440
de Jacqueline Wilson
illustrés par Nick Sharratt

LES GRANDS AUTEURS
POUR ADULTES ÉCRIVENT
POUR LES ENFANTS

BLAISE CENDRARS

Petits contes nègres pour les enfants des Blancs, 224
illustré par Jacqueline Duhême

ROALD DAHL

Un amour de tortue, 232

Un conte peut en cacher un autre, 313

Fantastique maître Renard, 174

La girafe, le pélican et moi, 278
illustrés par Quentin Blake

Le doigt magique, 185
illustré par Henri Galeron

Les Minuscules, 289
illustré par Patrick Benson

JEAN GIONO

L'homme qui plantait des arbres, 180
illustré par Willi Glasauer

J.M.G. LE CLÉZIO

Balaabilou, 404
illustré par Georges Lemoine

Voyage au pays des arbres, 187
illustré par Henri Galeron

■ ■ ■ DANS LA COLLECTION FOLIO CADET ■

MICHEL TOURNIER

Barbedor, 172
illustré par Georges Lemoine

Pierrot ou les secrets de la nuit, 205
illustré par Danièle Bour

MARGUERITE YOURCENAR

Comment Wang-Fô fut sauvé, 178
illustré par Georges Lemoine

RETROUVEZ VOS HÉROS

Avril

Avril et la Poison, 413

Avril est en danger, 430

Avril prend la mer, 434
d'Henrietta Branford
illustrés par Lesley Harker

Will, Marty et compagnie

Panique à la bibliothèque, 445

La légende du capitaine Crock, 468
de Eoin Colfer
illustrés par Tony Ross

William

L'anniversaire de William, 398

William et la maison hantée, 409

William et le trésor caché, 400

William change de tête, 418
de Richmal Crompton
illustrés par Tony Ross

Les premières aventures de Lili Graffiti

Lili Graffiti fait du camping, 447

7 bougies pour Lili Graffiti, 448

Lili Graffiti fait du manège, 459

Lili Graffiti va à l'école, 463

Quel désordre, Lili Graffiti ! 480

Les aventures de Lili Graffiti

Lili Graffiti, 341

Les vacances de Lili Graffiti, 342

La rentrée de Lili Graffiti, 362

Courage, Lili Graffiti ! 366

Un nouvel ami pour Lili Graffiti, 380

Lili Graffiti voit rouge, 390

Rien ne va plus pour Lili Graffiti, 395

Moi, Lili Graffiti, 411

Lili Graffiti est verte de jalousie, 458
de Paula Danziger
illustrés par Tony Ross

Mademoiselle Charlotte

La nouvelle maîtresse, 439

La mystérieuse bibliothécaire, 450

Une bien curieuse factrice, 456

■ DANS LA COLLECTION FOLIO CADET ■ ■ ■

Une drôle de ministre, 469

Une fabuleuse femme de ménage, 487
de Dominique Demers
illustrés par Tony Ross

Zigotos de zoo

Faim de loup, 453

Trop bavards, 467
de Yves Hughes
illustrés par Joëlle Jolivet

Les chats volants

Les chats volants, 454

**Le retour
des chats volants,** 471

**Alexandre
et les chats volants,** 485
d'Ursula K. Le Guin
illustrés par S. D. Schindler

Akimbo

Akimbo et les éléphants, 474

Akimbo et les crocodiles, 486
d'Alexander McCall Smith
illustrés par Peter Bailey

L'histoire de Sarah la pas belle

Sarah la pas belle, 223

**Sarah la pas belle
se marie,** 354

Le journal de Caleb, 441

Un cadeau pour Cassie, 484
de Patricia MacLachlan
illustrés par Quentin Blake

Les Massacreurs de Dragons

Le nouvel élève, 405

**La vengeance
du dragon,** 407

La caverne maudite, 410

**Une princesse
pour Wiglaf,** 417

**Le chevalier
Plus-que-Parfait,** 442

**Il faut sauver messire
Lancelot !** 443

**Le tournoi
des Supercracks,** 460

**La prophétie
de l'an 1000,** 470

**Dressez votre dragon
en 97 leçons,** 483
de Kate McMullan
illustrés par Bill Basso

Amandine Malabul

**Amandine Malabul
sorcière maladroite,** 208

**Amandine Malabul
la sorcière ensorcelée,** 305

**Amandine Malabul
la sorcière a des ennuis,** 228

**Amandine Malabul
la sorcière a peur
de l'eau,** 318

**Amandine Malabul,
la sorcière et la fourmi,** 478
de Jill Murphy

■■■ DANS LA COLLECTION FOLIO CADET ■

La famille Motordu

Les belles lisses poires de France, 216

Dictionnaire des mots tordus, 192

L'ivre de français, 246

Leçons de géoravie, 291

Le livre de nattes, 240

Motordu a pâle au ventre, 330

Motordu as à la télé, 336

Motordu au pas, au trot, au gras dos, 333

Motordu champignon olympique, 334

Motordu est le frère Noël, 335

Motordu et le fantôme du chapeau, 332

Motordu et les petits hommes vers, 329

Motordu et son père Hoquet, 337

Motordu sur la Botte d'Azur, 331

Silence naturel, 292
de Pef

Harry-le-Chat, Tucker-la Souris et Chester-le-Grillon

Harry-le-Chat et Tucker-la-Souris, 436

Un grillon dans le métro, 433
de George Selden,
illustrés par Garth Williams

Eloïse

Eloïse, 357

Eloïse à Noël, 408

Eloïse à Paris, 378
de Kay Thompson
illustrés par Hilary Knight

Les Chevaliers en herbe

Le bouffon de chiffon, 424

Le monstre aux yeux d'or, 428

Le chevalier fantôme, 437

Dangereux complots, 451
d'Arthur Ténor
illustrés par D. et C. Millet

BIOGRAPHIES
DE PERSONNAGES CÉLÈBRES

Louis Braille, l'enfant de la nuit, 225
de Margaret Davidson
illustré par André Dahan

La métamorphose d'Helen Keller, 383
de Margaret Davidson
illustré par Georges Lemoine